nanã

Nanã

Edição
Enéas Guerra
Valéria Pergentino

Texto e ilustrações
Edsoleda Santos

Texto da contracapa
Paulo Rufino Matos

Design e editoração
Valéria Pergentino
Elaine Quirelli

Revisão do texto
Maria José Bacelar Guimarães

Nota da edição: A autora inspirou-se na versão original de Pierre Verger para a escrita do texto e criação dos desenhos.

Dados Internacionais de Catalogação na Publicação (CIP)
(Câmara Brasileira do Livro, SP, Brasil)

Santos, Edsoleda
Nanã / Edsoleda Santos. -- 5. ed. -- Lauro de Freitas, BA : Solisluna Editora, 2015. --

Bibliografia.
ISBN 978-85-89059-64-0

1. Candomblé - Literatura infantojuvenil
2. Nanã (Culto) - Literatura infantojuvenil
I. Título. II. Série.

14-13394 CDD-028.5

Índices para catálogo sistemático:
1. Nanã : Literatura infantojuvenil 028.5
2. Nanã : Literatura juvenil 028.5

Este livro foi selecionado pelo Edital 13/2013 (Apoio à Publicação de Livros por Editoras Baianas - 2014), da Secretaria de Cultura do Estado da Bahia através da Fundação Pedro Calmon, e foi financiado com recursos do Fundo de Cultura.

Dedico este livro à minha amiga e editora Valéria Pergentino.

(71) 3379.6691 | 3369.2028 editora@solislunadesign.com.br
www.solislunadesign.com.br www.solislunaeditora.com.br

Edsoleda Santos

nanã

Salúba!

solisluna editora

Nuvens azuladas iam deslizando lentamente na direção do sol, pouco a pouco, apagando cada um dos seus raios. O céu de repente cobriu-se do mais puro cinza com nuanças cor de prata. Era o sinal da chuva miúda, salpicando o chão e difundindo no ar um cheiro bom de terra molhada, prenúncio de fartura e alegria.

Os fios prateados caídos das nuvens molhavam a poeira seca, transformando-a na lama fecunda, acolhedora, pronta para germinar os grãos, futuros rebentos de diversas cores, aromas e formas – o axé de Nanã, a deusa regente das chuvas.

Nanã era uma divindade muito antiga, poderosa, respeitada e possuidora de um conhecimento profundo sobre a vida, a morte e o renascimento. Deixava transparecer o seu saber ancestral na fala equilibrada e na postura soberana; sabia escutar com tolerância, mantendo sempre a firmeza nas opiniões, quando defendia seus princípios e interesses.

Houve um tempo em que Nanã foi rainha de uma cidade muito próspera no Daomé; vivia em um palácio feito de pedras adornadas com palhas da costa entremeadas de conchas e contas. Essa residência real ficava no centro de um extenso jardim encantado, dádiva de Olorum, pois, no início dos tempos, quando ele criou o mundo, plantou neste local quatro árvores mágicas: a primeira era a morada dos Orixás e Eguns, as outras eram o dendezeiro, a dracena e o inhame.

O Deus Supremo deu a Nanã o poder de invocar os mortos, mas, quando ela casou com Oxalá, partilhou o reino com ele, cedendo também este segredo. Desta união nasceram quatro filhos: Obaluaê, Rei, dono da terra, criado por Iemanjá; Oxumarê, o arco-íris que colore as nuvens; e Euá a deusa da beleza e da alegria. O seu quarto filho foi gerado de uma forma especial, pois, durante o seu desenvolvimento no ventre materno, assimilou o axé da primeira árvore mágica. Ao nascer recebeu o nome de Iroko, tornando-se o Orixá do arvoredo, a base do mundo, morada de deuses e mortais.

Cada um dos filhos de Nanã seguiu seu próprio caminho, propagando sábios ensinamentos e realizando curas pelo mundo. Nanã continuou liderando seu povo, trazendo sempre a chuva miúda para manter a exuberância das florestas e a transparência dos rios. Essa irrigação vinda das nuvens abençoava a terra, florescia os campos agrícolas, enriquecia a flora e a fauna e estimulava o progresso econômico da cidade.

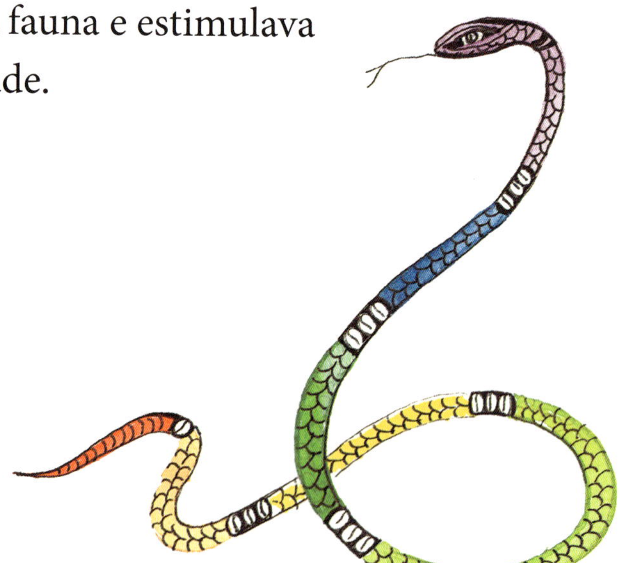

Nanã governava com sabedoria, mas, como todo líder, enfrentou graves problemas e situações delicadas. Conta a lenda que, no decorrer do seu reinado, ela participou de uma reunião, na qual desentendeu-se com Ogum, um dos mais antigos deuses iorubás, temível guerreiro e Senhor de todos os metais.

Naqueles tempos eram frequentes as reuniões ao ar livre para discutir assuntos importantes. Geralmente, esses encontros se davam em uma praça coberta por dracenas que arrodeavam um baobá muito antigo. Certa vez, quando o sol já ia se pondo, tingindo o horizonte de lilases rosados, numerosas pessoas aproximaram-se desse largo, entrando e se acomodando enquanto aguardavam a reunião que discutiria os poderes dos orixás. Ao sabor da brisa do entardecer, a folhagem movimentava-se levemente, enquanto os participantes conversavam entre si.

De repente, uma voz ecoou na imensidão da praça, exaltando a grandeza de Oxalá.

– Ele é o rei do pano branco, o mais elevado dos orixás!

– Criou os seres humanos!

– É o proprietário da boa argila!

Houve uma saudação geral.

– *Êpa Babá, Êpa Babá!*

Depois de um breve silêncio, outra pergunta irrompeu da plateia:

– E Orumilá?

– Orumilá é a luz que dá sentido às nossas vidas.

Respondeu um senhor todo de branco sentado sobre as raízes do baobá. Todos olharam em sua direção respeitosamente, concordando com um aceno de cabeça.

Em seguida, um homem forte de cabelos trançados fez considerações sobre o papel de Exu no mundo:

– Ele é o grande mensageiro por determinação de Olodumaré. É o guardião das cidades, o olheiro que tudo sabe e tudo vê. Exu é o princípio dinâmico, que abre e fecha os caminhos, ligando todas as coisas entre si.

Os orixás então responderam:

– Sabemos da sua importância e a reconhecemos. Por isso, nas cerimônias, ele é o primeiro a receber as oferendas.

Ao escutar a resposta, o homem balançou a cabeça com ar de satisfação, recostando-se no caule de uma dracena.

Enquanto isso, outras pessoas cochichavam, já mencionando o nome de Ogum. Notavam-se rumores empolgados, diante das citações que ressaltavam qualidades e domínios desse Senhor dos Metais. No meio do entusiasmo, destacou-se um homem de túnica azul, que se expressou com muita convicção:

– Somente ele é capaz de moldar na forja os instrumentos que necessitamos para viver.

Todos ouviram e silenciaram por alguns minutos. Logo em seguida, resolveram organizar um debate com direito a voto. Inicialmente, houve controvérsias nas opiniões, prolongando o tempo da reunião, até que um homem vestido com uma túnica branca bordada de conchas levantou-se e falou com voz resoluta:

– Declaro que Ogum é o mais importante entre nós!

Imediatamente Nanã interveio:

– Não falem assim. Será que só o trabalho dele é importante?

Os orixás então responderam:

– Graças aos seus instrumentos, lavramos a terra e cultivamos os campos, garantindo o sustento de nossas famílias.

– Graças aos seus instrumentos, cada vez mais aprimorados, melhoramos o desempenho dos agricultores, carpinteiros, escultores e outros, que dependem destes instrumentos de metal para executar bem as suas tarefas cotidianas.

Depois de ouvir os argumentos apresentados, Nanã respondeu com equilíbrio e determinação:

– Não renderei homenagem a Ogum. Será que não existe outro orixá?

– Ah! Ah! Ah! Ah!

Ogum deu uma risada e respondeu com certa arrogância:

– Meu valor foi reconhecido por todos os orixás, portanto Nanã seja sensata e acate essa decisão. Você acha mesmo que meus serviços podem ser dispensados?

Nanã bateu pé firme na sua decisão.

– Posso afirmar dez vezes que não lhe renderei homenagem.

Ogum ficou um pouco desapontado, mas continuou sua fala, tentando convencer Nanã:

– Pois bem. Fique sabendo que eu tenho a solução para tudo.

Mantendo o seu porte de rainha, Nanã ponderou sobre todos os motivos expostos pelo poderoso orixá e sem vacilar respondeu:

– A partir de agora não utilizarei nenhum instrumento fabricado por você, e tudo poderei realizar sem nenhuma dificuldade.

Inconformado, Ogum ainda questionou:

– Você tem certeza do que está dizendo? Eu sou o proprietário de todos os metais – estanho, chumbo, ferro, cobre... – e todos eles posso moldar, criando instrumentos capazes de atender às diversas utilidades na lavoura, no comércio, na indústria e nos rituais sagrados.

Nanã, pacientemente, esperou Ogum terminar a sua explicação. Nada mais respondeu, pois sua decisão era incontestável. Terminada a reunião, ela retornou ao seu palácio e falou para todos os seus filhos:

– A partir de hoje não utilizaremos instrumentos de metal. As nossas lanças, facas, armas, utensílios domésticos e litúrgicos deverão ser confeccionados com madeira e argila.

Diante da firmeza de atitude daquela nobre Senhora responsável pelo sopro da vida e da morte, todos que a escutavam naquele momento, em sinal de respeito e obediência, inclinaram-se para venerá-la saudando-a em voz alta:

Salúba!
Salúba!
Salúba!
Salúba!
Nanã

Foto KIN GUERRA

Edsoleda Santos

Iniciou sua carreira como artista plástica em 1965. A partir dessa época, desenvolveu as técnicas de bico de pena e aquarela, dando ênfase ao desenho, usando como temas a arquitetura colonial de Salvador e a história em quadrinhos.

Mestre em Artes pela Escola de Belas Artes da Universidade Federal da Bahia, pesquisou várias técnicas, como pintura em acrílica, objeto e instalação; estudou temas de religião afro-baiana, procurando mostrar sempre a inter-relação arte, candomblé e natureza.

Edsoleda Santos ilustrou o livro Oxalufã em 2010. Escreveu e ilustrou os livros Oxum e Ibejis em 2012 e, em 2015, Obaluaê, Nanã, Iemanjá e Xangô, todos publicados pela Solisluna Editora.

Conheça outros livros da série de lendas africanas dos orixás:

solisluna
editora

Este livro foi editado em agosto de 2015
pela Solisluna Design Editora, na Bahia.
Impresso em papel couché fosco 150 g/m²,
pela Gráfica Santa Marta, na Paraíba.